Guía de lectura

Escrita por Sarah Herbeth
Traducida por Tamara Montes Blanco

Cinna

de Pierre Corneille

PIERRE CORNEILLE

DRAMATURGO FRANCÉS

- **Nacido en 1606 en Ruan (Francia)**
- **Fallecido en 1684 en París (Francia)**
- **Algunas de sus obras:**
  - *La ilusión cómica* (1636), comedia
  - *El Cid* (1637), tragicomedia
  - *Cinna* (1642), tragedia

Pierre Corneille, nacido en 1606 y fallecido en 1684 es, junto a Molière y Racine, uno de los tres grandes autores de teatro del siglo XVII en Francia. Su obra es extensa y variada, puesto que Corneille destaca tanto en la comedia como en la tragedia. Aunque Corneille es un autor barroco (*La ilusión cómica*, 1636), el clasicismo francés también acoge algunas de sus mayores obras (*Horacio*, 1640; *Cinna*, 1642; *Polieucto*, 1643). No obstante, su obra más conocida sigue siendo *El Cid* (1637), obra que en su época suscitó controversia (la famosa querella del *Cid*) en razón de las libertades que el autor se tomó respecto de las estrictas reglas de la tragedia clásica.

CINNA

UNA REFLEXIÓN SOBRE LA HISTORIA DE FRANCIA Y SOBRE EL PODER POLÍTICO

- **Género:** tragedia
- **Edición de referencia:** Corneille, Pierre. 1968. *Cinna*, en *Teatro trágico*. Traducido por Ignacio Gallego. Barcelona: Iberia
- **Primera edición**: 1641
- **Temáticas**: conspiración, amor, poder, venganza, traición

Cinna, tragedia con final feliz representada por primera vez en 1642, reconstruye un célebre episodio de la historia de Roma, el de la clemencia de Augusto. La historia se desarrolla bajo el reinado de Augusto, en el siglo I a. C.

Cinna representa una conspiración fallida atravesada por una historia de amor y se pregunta sobre la legitimidad del poder político y sobre lo que distingue la monarquía de la tiranía.

RESUMEN

ACTO I

Escena 1

Emilia desea vengarse del emperador Augusto, responsable de la muerte de su padre durante las guerras civiles (en esta época, se llamaba Octavio y aún no era emperador). Arrastra a su amante Cinna a su venganza, ya que, para ella, hacer justicia a su padre es lo primordial.

Escena 2

Su doncella le aconseja que se tranquilice: Augusto ya no es el mismo hombre de antes y la colma de favores. Otro descendiente podrá hacerse cargo de esta venganza. Emilia no cambia de opinión, aunque decide no arriesgar la vida de Cinna. Precisamente al ayudarla, conseguirá que le conceda su mano.

Escena 3

Cinna vuelve de la asamblea de los conspiradores, sus cómplices. Anuncia a Emilia que el atentado tendrá lugar al día siguiente. Actúa tanto por Emilia como para deshacer a Roma de un hombre que pasa por un tirano.

Escena 4

Nos enteramos de que Augusto convoca a Cinna y a Máximo (Máximo es el otro jefe del complot contra Augusto; en el que participa porque es amigo de Cinna). Convencidos de que Augusto ha descubierto sus artimañas, ambos hombres se dirigen al palacio de Augusto, preparados para morir.

ACTO II

Escena 1

En realidad, Augusto ha convocado a Cinna y a Máximo para consultarles. Harto de los complots que se traman contra él, piensa en abandonar el poder y, así, reinstaurar la república. No sabe qué hacer: ¿reinar o abdicar? Máximo le aconseja que abandone sus funciones y restablezca la república. Cinna, por el contrario, le incita a conservar el poder. Augusto opta por seguir el consejo de este último. A fin de dar las gracias a los dos hombres, nombra a Máximo gobernador de Sicilia y le concede a Cinna la mano de Emilia.

Escena 2

Máximo no entiende por qué Cinna ha desperdiciado la ocasión de entregarle la libertad a Roma. Este le explica que no podía renunciar al asesinato solemne del emperador. De este modo, vengará a Roma y desalentará a eventuales sucesores de Augusto.

ACTO III

Escena 1

Máximo ignoraba que Cinna había jurado vengar al padre de Emilia y que estaba enamorado de esta última. Le confiesa a su confidente Euforbe que él también está enamorado de Emilia. Entonces, Euforbe lo incita a delatar a Cinna ante

Augusto para ganarse el corazón de la joven. Al principio, Máximo no se deja llevar por estos argumentos, pero después cede.

Escena 2

Cinna se siente confuso y se sincera con Máximo. Tiene el corazón dividido: el comportamiento de Augusto le suscita admiración, pero está unido a Emilia por un juramento. Según Máximo, debe ir hasta el final, ya que Augusto sigue en el poder por culpa suya.

Escena 3

Monólogo de Cinna. No se siente capaz de traicionar a Augusto, pero tampoco a Emilia. Entonces decide ir a hablar con esta última para hacerle cambiar de opinión.

Escena 4

Emilia sigue con su decisión y acusa a Cinna de cobarde. Si no asesina a Augusto, lo hará ella misma y después se suicidará. Cinna está desesperado. Entonces le anuncia que cumplirá con su juramento, pero que después se matará.

Escena 5

Emilia, preocupada por las palabras de Cinna, envía a su doncella para que le quite de la cabeza la idea de suicidarse.

ACTO IV

Escena 1

Euforbe va a ver a Augusto y denuncia el complot. Añade que ha visto cómo Máximo se lanzaba al Tíber, insinuando que seguramente este, presa de los remordimientos, se ha suicidado.

Escena 2

Augusto está conmocionado. Lleno de desesperación se pregunta: ¿morir o castigar?

Escena 3

Livia, su mujer, le aconseja que se mantenga en el poder e indulte a los conspiradores. Él se niega.

Escena 4

Emilia se entera por su doncella de que Cinna ha sido convocado en el palacio y de que Máximo acaba de perecer ahogado. La preocupación la consume y se siente preparada para morir.

Escena 5

Máximo aparece ante Emilia. Intenta hacerle creer que ha sido denunciada y le propone que huyan juntos. Ella se niega, entra en cólera y lo acusa de haberlos traicionado.

Escena 6

Monólogo de Máximo. Agobiado por los remordimientos,

está desesperado.

ACTO V

Escena 1

Augusto se enfrenta a Cinna. Le reprocha su traición y su ingratitud. Cinna no se defiende, al contrario: pide la muerte.

Escena 2

Llega Emilia. Acaba de confesarle todo a Livia y pide morir en el lugar de Cinna. Los dos amantes intentan defenderse entre sí, pero Augusto desea enviarlos juntos a la muerte.

Escena 3

Máximo entra en escena y se acusa de haber traicionado a todo el mundo. Augusto está abrumado, pero acaba alzándose por encima de todos al indultarlos: es la clemencia de Augusto. Une a Cinna y a Emilia e invita a todos a tomar ejemplo de esta conducta. Están deslumbrados y le manifiestan su reconocimiento. Livia le predice a Augusto un maravilloso destino.

ESTUDIO DE LOS PERSONAJES

AUGUSTO

Augusto es emperador de Roma. Es un hombre público que tiene entre sus manos todo el orden del mundo. Antes, cuando aún era Octavio, gobernaba la República junto a Antonio y Lépido; era la época del segundo triunvirato (alianza pública entre Octavio, Antonio y Lépido para constituir una magistratura con todos los poderes que después dieron paso al Imperio). Los personajes lo recuerdan como un gobernador cruel, un tirano que mandó asesinar, por motivos políticos, a su tutor y cónsul Cayo Toranio, el padre de Emilia.

Al comienzo de la obra, Augusto destaca por su bondad. Intenta deshacerse de la imagen cruel que se ha conservado de él. Presa de los remordimientos, se comporta con Emilia como un padre. También ignora que se prepara un complot contra él y que Cinna y los conspiradores deben asesinarlo al día siguiente en el Capitolio, durante el sacrificio a Júpiter.

A lo largo de toda la obra es presa de varios dilemas: en el acto II, duda entre reinar o abdicar; en el acto IV, entre morir o castigar, y finalmente, en el acto V, entre castigar o perdonar.

Con su clemencia, alcanza la dimensión sublime del heroísmo y se eleva al nivel de los dioses: «Soy tan dueño de mí mismo como del universo»[1].

CINNA

La búsqueda de gloria y el amor que profesa a Emilia empujan su plan de asesinato. En el primer acto, siente que tiene una misión legítima, liberar a Roma de un tirano y devolverle la libertad restaurando la República: «El cielo ha puesto entre nuestras manos el sino de Roma y su salud depende de la caída de un hombre».

En el segundo acto, Augusto, que lo ha tomado como consejero, le da la mano de Emilia. De ahí que el acto heroico que pensaba acometer se convierta en una traición. En el tercer acto, Cinna no sabe cómo reaccionar, está dividido entre su fidelidad a Augusto y la promesa que le ha hecho a Emilia: «Me convierto en sacrílego o soy parricida». Esta escena fundamental se halla en la mitad de la obra. Cinna intenta convencer a Emilia de renunciar a su plan, pero ella rechaza la idea. Decide entonces matar a Augusto, pero este acto sanguinario lo empujaría a darse muerte enseguida. Finalmente, traicionado por Máximo y Euforbe, no puede pasar a la acción. Esto caracteriza al personaje de Cinna, pues todas sus acciones son entorpecidas.

EMILIA

Emilia es la hija de Cayo Toranio, asesinado bajo las órdenes de Octavio/Augusto. Obsesionada por el anhelo de resta-

---

1. Todas las citas han sido traducidas por ResumenExpress.com

blecer la memoria de su padre dando muerte a Augusto, Emilia es considerada una alegoría de la venganza, una encarnación de la República. Amante intransigente, su ira la conduce a su propio sacrificio y al don sacrificial de su amante.

A diferencia de Cinna, que asiste en el segundo acto a la liberalidad de Augusto, Emilia permanece atrapada en una especie de ceguera hasta el último acto. Durante el desenlace de la obra se enfrenta a la clemencia de Augusto, lo que la empuja a tomar conciencia de que Augusto se sitúa desde ese momento en el rango de los héroes. Esta conversión final, que pone fin a sus planes sanguinarios, le hace entender que no puede oponerse a aquello que la sobrepasa: «Mi odio, al que creí inmortal, morirá,/ Está muerto, y este corazón se vuelve fiel,/ Y confundiendo este odio con horror,/ el ardor de serviros desplaza a la ira».

MÁXIMO

Máximo es uno de los líderes del complot y, por tanto, está implicado en la conjura dirigida a matar a Augusto. Sin embargo, en el segundo acto, cuando el emperador se pregunta si debe abdicar o reinar, Máximo —a diferencia de Cinna— le aconseja que renuncie. De esta manera, Roma obtendría su libertad sin mancharse las manos de sangre.

Máximo había aceptado ayudar a Cinna a eliminar a Augusto porque pensaba que este actuaba movido únicamente por razones políticas. Al comprender que los motivos de Cinna son también sentimentales y que obtendrá la mano de Emilia finalizado el complot, se pone celoso.

Su liberto Euforbe lo incita a denunciar el atentado para seducir a Emilia a costa de Cinna: «Gana una amante señalando a un rival», pero él no cede enseguida. Duda entre el respeto por una amistad y el amor de una mujer. Finalmente, se deja convencer y denuncia los planes de Cinna utilizando a Euforbe. Se convierte entonces en un adversario para Cinna.

Al final del cuarto acto, Máximo intenta seducir a Emilia, sin éxito, y ella lo acusa de traición. Desesperado, admite que se ha equivocado: «En un mismo día, por un falso designio,/ Has traicionado a tu soberano, a tu amigo y a tu amada». En el último acto, se rinde y admite que sus propias motivaciones eran las más mezquinas: «De todos tus enemigos, conoce mejor al peor». Máximo es un personaje que se caracteriza por su cobardía; es un sujeto influenciable cuyos actos son dictaminados por una evidente debilidad.

CLAVES DE LECTURA

LA DRAMATURGIA

Hasta la aparición de *Cinna*, Corneille fue objeto de toda suerte de críticas que le lanzaba la gente de letras que escribía las reglas del teatro clásico y exigía que los autores dramáticos se sometiesen a ellas. El público ya había aprobado las obras de Corneille, pero le faltaba convencer a los especialistas, la única forma de alcanzar reconocimiento literario. Lo consiguió con *Cinna*. Guez de Balzac, autor contemporáneo a Corneille, lo comparó incluso con Sófocles, el maestro de la tragedia antigua.

El decoro y la verosimilitud

Tradicionalmente, a Corneille se le reprocha el no respetar la regla de decoro que determina que no se representen acciones groseras en escena y que se aleje de lo verosímil.

Corneille extrae el tema de *Cinna* de la historia de Roma, lo que *a priori* resulta creíble. Podemos preguntarnos si realmente es creíble que Augusto decida no castigar a aquellos que han resultado culpables de haberlo traicionado, pero debe comprenderse que la clemencia es un acto aparte, es la más importante de las virtudes reales. Se trata de una virtud transgresiva pues se coloca por encima de las leyes ordinarias de la justicia y solo un soberano puede colocarse por encima de esas leyes. Por eso, Augusto tal vez actúa de manera inverosímil, pero lo inverosímil y lo extraordinario hacen parte de las características intrínsecas de la clemencia. Así, sus actos permanecen dentro del marco de lo verosímil.

La regla de las tres unidades

- La unidad de acción se respeta. No hay más que una trama principal y todos los acontecimientos están ligados, desde la primera escena hasta el desenlace. La preparación del complot implica a todos los personajes, aquellos que son directamente responsables (Cinna, Máximo, Emilia, etc.) y aquel que se dispone a ser la víctima (Augusto).
- La unidad de tiempo también se respeta. La regla de unidad del tiempo estipula que el tiempo de la acción debe corresponder al tiempo de representación o en todo caso no sobrepasar las veinticuatro horas. Aquí, todos los eventos se desarrollan en un día. Podemos incluso observar cierta dualidad temporal ya que los personajes principales están obsesionados por el pasado (lo que sucedió durante el triunvirato) y el futuro (la muerte de Augusto que debe suceder a la mañana siguiente y desencadenar la liberación de Roma).
- La unidad de lugar no se respeta realmente: «Cierto es que existe una duplicidad de lugar peculiar, la mitad de la obra sucede en casa de Emilia, y la otra en el despacho de Augusto» (Corneille, *Examen de Cinna*). De hecho, Corneille sitúa su tragedia en dos lugares distintos del palacio de Augusto. No obstante, el hecho de que estos dos espacios estén situados en el palacio del emperador hace que la unidad de lugar sea aceptable. Además, hubiera sido poco creíble que Máximo le dijera a Emilia que Augusto había descubierto el complot que se urdía en su contra en el mismo lugar donde Euforbe acababa

de anunciarle a Augusto que lo había visto ahogarse. Podemos considerar igualmente que estos dos espacios tienen una carga simbólica: son el reflejo de los dilemas de los personajes, divididos entre dos causas.

UNA TRAGEDIA HISTÓRICA

Una buena parte de las obras de Corneille se inspira en la historia romana (*Horacio*, *Heraclio*, *Sertorio*, *La muerte de Pompeyo* o *Othon*), relatando así todos los periodos de la historia de Roma, desde la fundación de la ciudad hasta el final de la República, pasando por las Guerras Civiles y el Bajo Imperio.

Escoger un tema romano, es antes de nada escoger un tema histórico y, para Aristóteles (filósofo griego, 384-322 a. C), la referencia de todos los teóricos del teatro de los siglos XVI y XVII, un tema histórico es superior a un tema inventado. Además, para el espectador la ficción es más creíble cuando los temas son sacados de la historia.

¿Pero por qué Corneille escoge habitualmente la historia romana?

- Colocar sobre el escenario episodios de la historia de Francia no le hubiera permitido a Corneille tratar sus temas con libertad porque hubiera debido referirse a los antepasados de la dinastía reinante o a las de las grandes familias aristocráticas, lo que le hubiera traído problemas.
- La historia de Roma es percibida, desde el Renacimiento y el principio de la edad clásica, como un modelo, desde

su fundación hasta su caída. Permite tomar distancia y reflexionar sobre la manera en la que se erigen y se derruyen las grandes civilizaciones.
- También es un modelo de reflexión política, pues ha pasado por todos los regímenes (República, Imperio, etc.).
- Roma es además un modelo por su idioma, el latín, con el que la lengua francesa rivalizó.
- La ciudad es también, desde el Renacimiento, una fuente de inspiración artística y literaria.

El momento elegido por Corneille es el de la confirmación de la dominación absoluta de Augusto sobre Roma y el Imperio Romano en el año 6 a. C. *Cinna* puede leerse por tanto como una reflexión sobre la historia de Francia, en un momento donde el reino de Luis XIII alcanzó su apogeo y la sucesión estaba asegurada. Luis XIII, efectivamente, restableció la autoridad real y amplió las fronteras del reino de Francia. Por el contrario, la figura del tirano debe relacionarse con Richelieu, ministro todopoderoso, que fue víctima de varios complots.

Sobre todo, *Cinna* invita a plantearse una reflexión política e intenta descubrir qué distingue los atributos de un rey de los de un tirano. Corneille se pregunta cómo poner fin a la espiral de violencia que azota Francia en esa época. Responde con una apología del poder fuerte donde la magnanimidad es precisamente uno de sus atributos.

AUGUSTO, UN HÉROE SUBLIME

Hasta 1643, la obra se llamaba *Cinna o la clemencia de Augusto*. Efectivamente, la clemencia de Augusto constituye el logro de todas las partes y la cima del conjunto de la obra. La crítica, desde su aparición, se pregunta si es Cinna o Augusto el verdadero héroe de la tragedia.

Pero no se debe escoger, cada uno de estos personajes encarna un heroísmo distinto: en lo tocante a Augusto, hablaremos de heroísmo sublime.

Está menos presente que Cinna en cuanto a la ocupación de la escena: aparece en una escena del segundo acto, en tres escenas del cuarto acto y en la totalidad del último acto. Sin embargo, al dar su perdón, se eleva al rango de héroe y deja en la sombra a todos los demás personajes, que ya no pueden competir con él.

Esta diferencia con respecto a Cinna se debe esencialmente a su rango; es un hombre que pertenece a la esfera pública, a la esfera de los hombres que han sido elegidos para gobernar el mundo. Cinna pertenece a la esfera privada; sus actos no pueden tener repercusiones comparables.

La virtud de la clemencia se presenta desde la Antigüedad como la mayor de las virtudes reales; representa el ideal moral más elevado, que Aristóteles llama «la magnanimidad». Ser magnánimo es alcanzar el ideal de la grandeza humana. La clemencia de Augusto es por tanto el acto más admirable, es imposible llegar más alto, es un cometido extraordinario que solo un soberano puede realizar. Por ese gesto, Augusto asienta su autoridad y se vuelve la encarnación de Roma. Su esposa Livia se lo hace notar: «Roma, con alegría sensible y profunda/ renuncia en tus manos al Imperio del mundo».

Observamos que el heroísmo en Cinna se mueve de la acción hacia el lenguaje. La palabra se vuelve un sustituto de la acción. Cuando Augusto otorga su clemencia a Máximo, Cinna y Emilia, utiliza el presente del imperativo: «Recibe el consulado para el próximo año,/ Cinna, ama a mi hija, con este ilustre puesto,/ aprende con mi ejemplo a vencer tu cólera».

De este modo, la acción se realiza en la palabra misma.

CINNA, UN HÉROE PREOCUPADO

Cinna, a diferencia de Augusto, pertenece a la esfera privada, al mundo de las sombras. Su única oportunidad de acceder a la luz sería con una acción triunfante, gloriosa, y es lo que busca hacer al decidir asesinar a Augusto. Esta es la razón que lo incita a seguir en el trono. Sin ella, no puede demostrar su heroísmo.

La confianza con la que Augusto honra a Cinna en el segundo acto le provoca malestar. Se da cuenta de que Augusto es después de todo un soberano legítimo y que le debe obediencia: «Serlo [esclavo] con el honor de ser de Octavio». Ya no puede proceder a la acción sin convertirse en un traidor y manchar su gloria.

En el tercer acto, Emilia lo incita a llegar hasta el límite. Atado a ella por una promesa, no puede decidirse a convertirse en perjuro y acepta matar a Augusto, pero enseguida deberá infligirse muerte para escapar a la infamia de su acto y reconquistar su gloria. Tenemos aquí un logro negativo del heroísmo, pero heroísmo al fin. La promesa inicial a Emilia anula cualquier otra deuda. Prisionero de su juramento, no ve otra salida que matar y matarse, y es entonces el verdadero héroe trágico de la obra, despertando terror y piedad en el espectador (catarsis).

Pero una vez más, no puede pasar a la acción porque su plan es revelado por Máximo, que evita que mate a Augusto y que muera bañado en gloria. En ese momento, ya ni siquiera puede volverse un héroe negativo.

Al final de la obra, frente a Augusto, le reclama la muerte, listo para enfrentarla con entereza. Augusto reconoce el carácter magnánimo de su petición: «Tú, Cinna, me retas. Te haces el magnánimo/ y lejos de pedir perdón, laureas tu crimen». Pero la clemencia de Augusto le impide tener la posibilidad de lavar sus errores y morir dignamente.

PISTAS PARA LA REFLEXIÓN

ALGUNAS PREGUNTAS PARA PROFUNDIZAR EN SU REFLEXIÓN.

- ¿Por qué se habla en *Cinna* de una tragedia con un final feliz? Justifíquelo. ¿Es esto común en la mayoría de las tragedias del siglo clásico?
- ¿Se ajusta esta obra a la estética clásica? Explíquelo.
- «Cuanto mayor es el peligro, más dulce el fruto». Comente esta cita extraída de *Cinna*.
- Explique el término «dilema» y justifique su respuesta apoyándose en los dilemas que a los que se enfrentan los personajes de la obra.
- ¿Qué uso del monólogo hace Corneille? ¿Es un uso común?
- La tragedia tiene un vocabulario propio. A partir de esta obra, elabore un léxico sobre varios temas: el honor, la fatalidad, la muerte y el amor.
- «Lo verdadero puede en ocasiones no ser verosímil». Comente esta cita de Boileau apoyándose en la obra.
- Mediante esta obra, Corneille elabora una reflexión política. Explique en qué consiste.

¡Su opinión nos interesa!
¡Deje un comentario en la página web de su librería en línea,
y comparta sus favoritos en las redes sociales!

PARA IR MÁS ALLÁ

EDICIÓN DE REFERENCIA

- Corneille, Pierre. 1968. *Cinna*, en *Teatro trágico*. Traducido por Ignacio Gallego. Barcelona: Iberia.

EN RESUMENEXPRESS.COM

- Guía de lectura de *Horacio* de Pierre Corneille.
- Guía de lectura de *El Cid* de Pierre Corneille.

www.resumenexpress.com

ISBN ebook: 9782806287274

ISBN papel: 9782806287281

Depósito legal: D/2016/12603/632

Cubierta: © Primento

Libro realizado por <u>Primento</u>*, el socio digital de los editores*